KB110033

단괴의 변명

성인수 여덟번째 이야기

단괴의 변명

초판 1쇄 인쇄 2013년 01월 28일
초판 1쇄 발행 2013년 02월 04일

지은이 성 인 수
펴낸이 손 형 국
펴낸곳 (주)북랩
출판등록 2004. 12. 1(제2012-000051호)
주소 153-786 서울시 금천구 가산디지털 1로 168,
우림라이온스밸리 B동 B113, 114호
홈페이지 www.book.co.kr
전화번호 (02)2026-5777
팩스 (02)2026-5747

ISBN 978-89-98666-08-8 03810

단괴의 변명

성인수 여덟번째 이야기

book Lab

머리글

나이가 들수록 아는 것들이 많아지고
많은 경우의 수를 생각하며
좀 더 현실적인 답을 내리게 되지만
그만큼 무언가를 잃어가는 것 또한 사실이다.

젊은 날의 용기와 패기는 경험이란 계산기에
그 끈을 놓치기 쉽고, 순수했던 추억들은
닳아버린 몸 속, 켜켜한 침전물로 남아
그 더부룩함에 헐떡이며 한 숨만 쉴지도 모를 일이다.

나의 누님께서 철없는 나를 보며 늘 했던 말이 있다.
"에휴, 그래 지금 알고 있는 것을 그때도 알았더라면."

그럼 난 반문한다.
"그때 알았던 것을 지금도 알았더라면."

이 책은 그때 알았던 걸 지금은 잃어버렸거나
혹은 잃어갈 많은 사람들, 그리고
미래의 나를 위한 젊은 날의 변명이다.

차례

네 번째, 변명 _ 97

첫 번째, **사랑**

1.이성의 상대에 끌려 열렬히 좋아하는 마음
2. 생명이나 사물을 소중히 여기는 마음

선을 긋고

내게 다가오지 말라며 웃는
그대가 나는 가엽다.

마치 덜 아문 상처 부여잡고
그대는 지겹다 지쳤다 말하지만

그대 흘려 본 내 현실이 눅눅하여
맘에 섞고 싶지 않음을 나는 안다.

기댈 곳 없이 실선 하나에 내맡긴
그대의 외로운 촉이 나는 가엽다.

마치 마주한 못난이 거울 같아
속에 비친 내 모습이 더욱 못났다.

그래서 그대를 한 편의 짧은 글로
멈춰둬야 하는 나의 오늘이,

그대, 그리고 내가 가엽다.

나는 천사를 본 적 있다

그녀가 말했었나.
저 하늘 위를 날고 싶다고

내가 답했었나.
왜 걷질 않느냐고.

그녀가 속삭였나.
다리가 너무 아플 것 같다고.

내가 읊조렸나.
날개 따윈 자라지 않는다고.

그 후로 난 그녀를 내 머릿속에서
도저히 씻어낼 수 없었다.

그 꿈을 부숴버린
내게 남긴 한마디.

결국 날지 못할 걸 알면서
너, 왜 나를 상상하니?

시가 쓰고 싶은 날

시가 쓰고 싶은 날.
난 그대부터 찾는다.

열흘에 한번 올까말까 하지만
그래도 난 그대부터 찾더라.

잊혀 질 빗소리가
은은한 조명을 머금으면 캬-.

그건 바로 시가 고픈 날
난 그대부터 아린다.

그대는 아는가

그대는 아는가.
한 편의 시가 되기엔 길고
한 폭의 그림이 되기엔 다사한,
한 장의 사진은 비려 보지 못하고
한 권의 책이 되기엔 이곳에 깃들지 않아
난 그대의 이름 석 자만 기억키로 했다.

예인에게 하나의 영감조차 되질 못한
소녀여, 그대는 알고 있는가.

나로 하여금 생각조차 심지 못한 이는
그대가 처음인 것을.

나랑 아무 상관없는 웬지 슬퍼 보이는 B'n에게

그녀가 왜
그런 눈을 가지게 되었는지
아무도 알지 못한다.

왜 그런 눈으로, 어째서 그런 눈으로도
아직까지 참고 참으며 살아가는지.
아무도 알지 못했다.

도대체 무슨 일들이 있었기에 그 망울 속엔
이곳이 맺히지 못해 검은 잔상으로 뒤덮였는지
아무도 알지 못한다.

사람들은 그녀가 전혀 사랑스럽지 않다 말한다.
한 번씩 보이는 그 미소도 허공보다 더 비어있다 말한다.
하지만 모두들 머릿속으론 종일 그녀를 상상한다.

만약 사람의 뇌가 배에 있다면
그들은 그것을 배고픔이라 말하겠지만
만약 사람의 뇌가 가슴 속에 있다면
난 그것을 설렘이라 부르고 싶다.

우리는 왜 우리가 그녀를 상상하는지 알지 못한다.
하지만 그녀는 우리가 자신을 바라보는
그 황금빛 이유를 알고 있다 믿는다.
우리조차 모르는 우리를 그녀는 알고 있다 믿으며
오늘도 창살 없는 감옥의 두 망울에 무지개를 드리운다.

허나 그녀가 한 가지 알지 못하는 것이 있다.
사람은 펼쳐진 세상과 관계없이
오로지 믿는 것만이 진실이 된다는 진실을
그녀는 아직 알지 못하고 있다.

사랑 1

1+1이 2가 아니라는 걸
깨닫게 해주는 건 결국 사랑이다.

사랑 2

오늘 그대를 만날 줄 알았다면
전 아마 오래 전부터 당신을 사랑했을 겁니다.

눈 위에 서서

설인이 발자국을 돌아보지 않듯,
눈사람이 여름의 끝을 볼 수 없듯이

아프리카는 겨울을 초대하지만
북극의 여름은 멀기만 하다.

우리는 겨울을 택하지만
여름의 뜨거움은 거부할 수 없나 보다.
아, 그래서 내가 너를 그토록 뜨겁게,

차가운 눈 위에 서서
서서히 식어가는 내 모습이
어찌 이리도 치열한지

돌아본 적 없는 내 발자국에
나는 그만 주저앉아 젖고 말았다.

약속

10분이면 지겨워질 그 약속을 원했다.
아니, 하고야 말았다.

모든 것이 너 때문이다. 모든 것이
네가 내 옆에 있었기 때문이다.

모든 것이 너 때문이다. 모든 것들이
사랑, 자유, 기쁨, 행복, 고마움
모든 것이 너로 인한 것이었다.

모든 것이 약속되어진 것들이었다.
모든 것이 우리였던,

이젠 나만의 것이 되어버린
모든 것이 너로 되어진 것들이었다.

오, 옛사랑!

오랜만의 재회, 무엇이 변한 건지 뭔가 어색한 상황, 전화번호도 변경했는데 또 어쩌다 이렇게 널 만났는지 알 수 없는 상황. 하지만 그때나 지금이나 가슴은 두근. 적어도 어제까진 아니었지만 지금은 너에게로 피어올라 모락이는 이 감정, 분명 내일이면 소실될 연기처럼 덧없음. 하지만 온 몸에 힘이 없고 한 마디라도 뻥긋하면 금이 갈 듯한 공기가 우리의 거리를 얼리고 투영시켜 서먹하게 만든다.

아무런 관계가 없는 지금에 와서 내가 무엇을 하며 지내는지 증명해야만 차분히 이야기나 하자고 불렀다는 공식이 성립. 이내 정립되어 누구든 공감할 수 있는 만남의 가치가 그 한 페이지를 장식하게 될 것이다. 그리고 기억되겠지.

그래서 물었나?

지금 잘 지내고 있다고 말하고 싶은 건가? 초침소리보다 더 짧은 침묵의 불협화음으로 우린 서로 먼저 얘길 하란 말만 연발, 지금 내가 말을 아꼈다면, 그 한 박자만 쉬었더라면 넌 어떤 이야기를 했을까.

혹시나 하는 기대의 씨앗은 물을 준 적도 없는데 미칠 듯 자라나 몸을 순환하고 입 밖으로 말을 토하지 않기 위해 뭐라도 시켜 먹자 꾸역꾸역 제안한다. 오랜만에 만난 자리가 흔들흔들 기우뚱 기우뚱, 이내 나온 음식은 서로의 진정제. 그 사이 기억의 열매는 꽃을 피우고 그 은은한 향기를 코가 아닌 가슴으로 맡아 옛 추억만 아려오는데, 침묵을 무척이나 싫어하는 우리의 질문은 바쁜 가슴을 비운 채 머리로만 중얼거리고, 넌 마치 알아들어야 한다는 듯 나의 말을 깨달아가며 나 또한 너의 말끝에 "있잖아."며 꺼낼 이야길 기다리지만 그 또한 들키는 것만큼 창피한 일이 없기에 썰다 남은 스테이크를 나이프로만 동강 인다.

늘 하는 이야기. 전혀 관계없는 잘 사는 친구 병신 짓 한 거 까발려 먹고, 아름다운 추억이란 달콤함은 서로의 입에 묻지도 못하고 그저 껍질만 썰어내며 그땐 그랬지로 마무리. 차라리 라면을 끓였다면 국물이라도 마셨을 텐데, 포장마차로 갔어야 했나. 아냐, 그럼 지금 내 모습이 너무도 연약하거나 나약해 보일 수도 있어. 충분히 그런 걸 이해하리라 여기지만 시간은 이미 흘렀고, 우린 여기에 있으며 이제 서로 다른 사람이 되어버렸으니까. 하지만 알 수 없는 동질감은 물과 기름인 듯 서로의 감정을 위, 아래로 두둥실 떠다니고 영화나 보러 갈까라는 나의 생각을 '요새 볼 영화 없잖아'라는 또 다른 나의 담요가 덮어버리며 식사 후 내가 무엇을 제안해야 할지 고민하게 만들 뿐이다. 하지만 그 잔혹한 시간은 결국 나의 턴으로 돌아왔고 찬바람이 콧잔등에 묻어나는 밖으로 나와서도 전혀 사그라지지 못하고 있었다. 마침 발견한 꽃 파는 아저씨는 나의 이 마음을 너무나 잘 전할 수 있기에 없는 돈에 한 송이만 사볼까 하는데,

"너 살 많이 쪘다?"

라는 한 마디로 그 마음마저 녹아내리고 날씨마저 나를 춥게 만들지 못하니, 냉큼 한 송이를 사서 그녀에게 선물해야 나름의 마침표를 찍을 수 있겠다 싶어 선물이라고 할까. 그냥 주는 거라고 할까.

고민하지만.

"이게 뭐야?"
"오늘 하루만 널 사랑하겠다는 꽃."

놀란 듯. 역시 그녀는 그저 밥이나 먹자고 찾아 온 거였다. 아무런 의미 없는 시간이었구나. 난 다시 가지를 꺾는다. 그 소리조차 그녀에게 어떤 의미이길 소망해보지만 문득 들여다본 시간이 이미 오래 흐른 뒤임을 깨달았다.
아, 세월이여. 오! 옛사랑.

"지금 나 놀리니?"
"내일이면 이 꽃, 시들어있을 거야. 걱정 마."

그녀의 손이 나의 꽃을 받는 척하며 내 손을 잡아주기를. 내일이면 난 후회하겠지만 지금 내 손을 잡아주기를.

난 그녀에게 작별인사를 고했다. 골목도 한번 뛰어다녀보고 맥주 한 병으로 목을 축이고 공원에 앉아있기도 하고 벌써 시간은 새벽으로 접어들고 나는 갈 곳이 없어 학교과방으로 돌아와 잠들었다. 그리고 다음 날 오후가 넘어 일어난 내가 발견한 문자 한통. 아, 이런 젠장 그러니까 말했잖아.

하루살이 인생이라고. 바보같이.

문자: [꽃 아직 안 시들었더라.]
답장: [담배가 떨어져서 그래.]
문자: [웃기시네.]

답장: [내가 꽃이냐. 하루 만에 시들게.]

문자: [그럼 뭐야?]

답장: [배고파]

문자: [ㅋㅋ 밥 사줄게. 담배 사줄까?]

답장: [담배ㅋ]

문자: [오늘 일 끝나고 보자.]

답장: [지금 아니면 소용없어.]

문자: [회산데 어떻게 가냐. 인간아.]

답장: [그러니깐 시든 댔잖아. 가봐, 시들어 있을 거야.]

문자: [저녁에 보자. 밥 사줄게.]

답장: [순간을 영원처럼. 바이.]

문자: [먼데]

그리곤 난 다시 잠이 들었다.

공식

한 남자가 한 여자에게 반했다.
그리곤 그는 결심한다.
그녀에게 자신의 모든 것을 주기로.

그녀는 그의 마음을 달게 마셨다.
그것은 붕붕 하늘을 날아다니는 기분이 아닌
피식 달아오르는 것이었으며
발을 동동 구르게 만드는 것이었고
가볍게 베개 속에 풍덩 빠져서
부비부비 거릴 수 있는 편안 달콤한 것이었다.

그리고 그녀는 그것에 취해버렸다.
그는 그녀를 곁에 두기 위해, 자신의 마음을 조금씩,
아주 조금씩 천천히 나누어 준다. 그녀 또한 그것을 위해,
그것에 의해, 그것을 믿고, 그 곁에 남는다.

둘은 결국 하나가 되었다.
시간이라는 단어로 표현되는 거대한 공허함이 흘렀다.

그의 가슴엔 더 이상 줄 것도,
주고 싶은 마음도 남아있지 않았다.

더 이상 마실 것이 없자, 그동안 취해있던
그녀는 자신을 발견하고 관계를 고민한다.
그때, 마음의 허전함을 느낀 그는 그녀에게
원하게 되고, 주는 것에 익숙하지 않은 그녀와
당연히 받아야 된다는 그는,

결국 다시 둘이 된다.

그는 다시 마음이 넘쳐 누군가에게로 흐를 때까지,
하나가 둘로 찢겨지는 아픔을 표면에서
내면의 안타까움으로 서서히 잠식시킨다.

하지만 그 흐름은
너무나도 당연하다는 듯 빠르게 찾아오며

그녀는 다시 누군가의 마음을 믿고 마실 때까지
하나가 둘로 찢기는 아픔을
눈망울과 가슴으로 영원히 기억한다.

아주 영원히.

그대는 새와 닮았다

그대는 새와 닮았다.
가지를 품은 공기는 솜털인가.
내 손이 닿지 못해 날아가는
그대는 새와 닮았다.

지천에 피어번진 흐드란 꽃도
내 자유에 고독한 향내만 품고,
너무도 초라한 내 손 끝은
하날에 뒤범비는 그대의 그림자만.

나도 한 마리의 새이고 싶다.
날지 못해 가지 끝을 기어올라도
그대 놀라 달아나지 않는
적게나마 한 마리고 싶다.

21세기 마지막 집시

쓰다 지쳐 그리고, 그리다 지쳐 연주하며
연주하다 지쳐 감상하고, 감동하다 지쳐 먹는다.

먹다 메이면 마시고, 마시다 지쳐 부르며,
부르다 지치면 읽거나 혹은 걷는다.

걷다 지치면 잠들고, 다시 눈을 부릅이면

엄습해오는 고독을 견디지 못해
다시 글을 쓰며 살아가는 이 삶에.

그대 함께하면 더욱 좋겠지.
그대 함께하면 정말 좋겠지.

오랫동안 익숙한 사랑

꽃을 접어 그대에게 띄웠소.
찰나에 구속된 보고픔에 날개가 돋쳐 오르면
매일 마시는 이 흙먼지마저 달기 그지없더이다.

약속한 적 없지만 우린 새끼손가락을 걸었고
마주 앉은 적 없지만 익숙한 전화기 속 그대의 음성.
심장은 뛰지만 뇌는 대답치 않소.
아마 이런 게 사랑인가 보오.

가끔. 아주 가끔. 그대의 향기가 내 몸에 차오르면
나는 무엇을 해야 될지 몰라 박제가 되어버리지만
난 그저 유쾌하오. 아주 멍하니.

사실 난 눈이 없소. 내 콧날이 그 모든 것을 느끼기에.
사실 난 입술이 없소. 내 심장이 모든 걸 전하기에.
그래서 난 오늘도 그대의 곁에 없소.

나를 훑고 간 저 사람이 그대의 미소를 일깨워주길.
그게 우리의 사랑이오.

딱 그만큼이 우리의 사랑인가 보오.

사랑을 몰라 쓰는 편지

분명 알 수 없는 무언가에 이끌려 내었건만
이내 4줄이 지나면 진실은 저 너머로

그래도 거짓이라 내색 않고 보낸 뒤,
또 기다리는 그 무엇은 절실하기만 하다.

아, 나는 아직 수를 셀 줄 모르나 보다.
죽어가는 내 심장이 아직도 버둥치나 보다.

죽으라고 살려둔 적 없고,
진실만을 말하라 한 적도 없는데

왜 오늘따라, 또 한 점 부끄럼 없는
저 별들만 봐라보는가.

그것도 아름다운 너에게
나를 보내고 있는 꼭 지금에서야.

멀어지는 것

멀어지는 것엔 발이 없다.
그저 내가 바람을 안고 달리면
그것을 세월이라 불릴 뿐.

잊혀지는 건 눈이 없다.
단지 내가 눈을 감고 아웅이면
그것을 심장이라 불릴 뿐.

올려다본 하늘 위 구름이
심히 멀게만 느껴지는
나른한 오후.

뜨거웠다. 멀어지는
저 낙엽조차

나는 그대라 부르려 했다.
그대, 멀어지던 그 날처럼.

네가 서있더라

눈이 멈춘 곳, 그곳엔 네가 서있더라.
주홍향 머금고 네가 맺혀있더라.

흘긴 눈에 들어차
수줍게 오므려든 너의 모습이

지난 그 어떤 글귀로도
위로할 수 없음에 펜을 들었다.

피어날 꽃봉이라 한들
얕은 뿌리로 살아

고개를 돌려본들
피어날 꽃이기에

그래도 내 눈이 멈춘 곳
그곳엔 네가 서있더라.

바라본 곳, 흘기다 남긴 잔상 속
그 속엔 지금 그대가 피어있다.

짧지만 사무치는

나는 내가 외로운 줄 알았는데,
그저 지루한 시간을 로망였구나.

배울 것도 많고 알아야 될 것도 많은데
난 왜 그 어려움을 쉽게 잃어갈까.

차라리 잊는다면 사무치다 말하겠지만
잃어가는 것이 적어도 그대일 순 없음을

그댄 알까.

마담

그녀 또한 수줍었던 시절이 있었으리라.
한편의 시로 남기엔 아까운 향이었으리라.

누군가의 추억이기보단 열정이었으며
황금이 아닌 보석처럼 빛났으리라.

세월이란 상처에 허물만 남은 소녀여
보고 여긴 작은 숨결로 내 곁에 남아,

그리워 잊지 못하는 사랑이 아닐 만큼만
영원히 간직돼 파르르르 피어오르라.

꽃과 함께한 며칠

꽃병에 물이 마르면, 내 마음도 마를까.
꽃잎 말라 떨어지면, 이 기억도 떨어질까봐.
매일 물을 주었지만 그댄 이미 어디론가.

몰랐거나, 잊었거나, 상실된 지혜.
꽃이 꺾긴 뒤 알아채는 그 소중함.

사랑은 열병이지만 인간은 순리인 것을,
그댈 기어코 꺾어 보내고 저려오는 후회의 새벽.

그 노랫말을 알아듣던 넌 이젠 어디에.

탱고를 추는 사내와 왈츠를 배운 소녀

사라져라, 로망이여!
조각난 바다 위

소녀의 힐을 또각이고
사내의 손엔 빛이 돋아린다.

느와르보다 독하디스러울
지금, 바로, 오늘 밤.

그대는 탱고를 추는 자.
그대는 왈츠를 배운 미스.

내일 밤도 왈츠엔 서투른 사내와
이른 새벽 정열에 당황할 소녀.

혹,
후회할 그 이름.

비겁한 아픔

처음엔 100% 선명했는데
어느 순간 70%정도 밖에 기억을 못 하고
분명 어제까지만 해도 또 3,40% 밖에 안 됐는데,
어느 비 오는 오후가 되면
또 99% 나를 휘감아 돌아 밤잠을 설치게 만들더라.
이 느낌은 남자의 성적 욕구나, 클림트의 황금물기둥보다
더 높게 치솟아 나를 휘감고 돈다.

그런 시간이 몇 년째 반복되면,
나는 지치지만 잊히지 않음을,
나의 마음에 새겨져있음을 깨닫게 되고
지금도 그 깨달음에 어떤 방도를 찾지 못해
그저 사부작거릴 뿐. 딱 그 상태.

참 사람 마음이라는 게.

당신을 사랑합니다

많은 사람들이 사랑을 어떻게 하는 거냐고 나에게 물어오면 난 항상 답하기를 사랑은 가꾸는 것이라고 한다. 서로의 끌림이란 씨앗을 시간이란 대지에 묻어두고 서로가 아껴주고 가꿔주며 그렇게 함께 잘 보낸 진실 된 시간만큼 그 씨앗은 무럭무럭 자란다. 그것이 자라나 우리의 가슴 속에 꽃이나 나무가 되면 우린 먼 훗날 그것들을 보며 이 사랑을 판단하고 그 속에 확고한 믿음, 혹은 헤어짐을 반복할 것이다.

가끔 주변 지인 중에 순간의 끌림에 저 사람을 사랑한다고 말하는 사람들을 발견하는데 그건 그냥 성욕이다.

진정한 사랑은 함께 정성과 진실로 가꾸어온 그늘 밑에 누워 서로에 대한 믿음으로 나도 모르게 웃음이 나오고 세상마저 아름다워 보일 때, 온 몸으로 다가온다. 분명.

사랑이 오래 지속되었을 때 우리가 바라보는 건 어쩌면 그토록 사랑을 외쳤던 이성이 아닐지도 모른다. 되돌릴 수 없는 시간이란 진실 속에서 서로가 정성을 다해 돌봐온 무언가를 보면서 믿음의 가치와 행복함, 가슴 속에 넘쳐흐르는 그 수만 가지의 감정들을 주체할 수 없을 때, 그때 비로소 우린 외칠 수 있을 것이다.

마지막 편지

나란 사람이 가진 것에 비해 너무 큰 사치를 했었다. 옷 여벌과 추위를 날 수 있는 곳이면 족하다 말하면서도 그보다 따뜻한 사람의 마음을 마음대로 사려했으니 벌을 받아 마땅하다. 처음의 시작은 그렇지 않았다. 지금도 그렇지 않다. 깨끗한 마음이고 싶다. 명백하고 싶다.

그림을 못 그린 지 일주일이 넘었다. 사실 그대가 곁에 있었기에 그릴 수 있었던 그림들이다. 그대를 그리고 싶어 잡은 건 나였고 아직도 그 그림을 완성하지 못해 맘이 아린다.

마음은 흐른다. 내 마음도 흘렀다. 그래서 얼어붙어 깨끗하고 고요했던 영감의 강이 녹았다. 난 잠시나마 행복했었고 홀로 있는 고독에 대한 어떤 따끔거림도 그땐 모두 다 잊을 수 있었다. 고맙다. 그래, 이런 거구나 싶었다. 정신적 고독에서 해방될 수 있겠단 생각도 잠시나마 했었다. 하지만 그건 오만과 편견이 되어버렸다. 그대의 일상을 버리면서까지 나에게로 와달라는 말, 그 말이 오만이었고 독하였으며 그릇된 견해였기에 편견이다.

그대는 새와 같았다. 어디든 날아갈 수 있었다. 난 그 밑에 잠시 쉬러 앉은 조촐한 사람이었다. 그대와 나는 서로가 좋았던 것이 아니다. 그 나무에 선선한 그늘이 있었기에 좋았던 것이고 그늘 밑 외로운 숨결이 닿는 누군가가 있었기에 흩날린 환상일 뿐이었다. 난 더 이상 내가 그 무엇이 되어야 하는지 모르겠다.

돌아온다던 그대의 날갯짓은 멀어진지 오래고, 더 이상 그대의 목소리도 하늘에 울려 퍼지지 않는다. 나는 남은 건지 멈춘 건지 모르겠지만 가끔 한 번씩 그대가 들려준 그 기척에도 난 혼자 들떠있다. 나의 대화가 그대에게 전해지지 않았나 보다. 나의 진심이 그대에게 닿지 않았나 보다. 그 책의 내용은 작은 지침서라고 생각했었는데 이번에도 들어맞았다. 그대와 나는 서로의 일상에서 잠시 빠져나와 웃을 수 있었던 사이다. 서로의 자유를 위해 함께했었다. 그 자유를 구속하려는 순간, 이 그늘은 더 이상 우리에게 시원함이 아닌 싸늘함이 되어버림을 이제야 깨닫게 된 나를 용서하라. 좀 더 일찍 깨달았다고 한들, 달라짐이 있었을까.

그대는 너무 따뜻했었다. 나의 얼어붙은 마음을 녹였고, 나는 그것이 이젠 녹을 때라고 읊조렸다. 그대의 탓인가. 나의 탓인가. 그런 게 무슨 소용이 있겠는가. 사실 내가 가진 것에 비해 그대라는 사람을 이 일상으로 초대하려했던 나 자신의 태도부터가 이미 그대가 오기 오래전부터 이 마음이 녹아내리기 위한 변명을 방관하였을지도 모를 일이다. 이해한다. 용서한다. 그리고 기억된다. 아주 깊숙이. 그래도 가끔 차를 타고, 길을 걷다, 여행을 하다, 한번쯤은 기억해 주길 바란다. 이 나무가, 이 나무와, 이 나무에서 우리가 함께했던 수많은 이야기들을, 우리가 함께한 많은 무의식적 공유들을, 그리고 그 여유와 평화로움 속에 피어났던 미소들을, 그 정도는 꼭 기억해주길 바란다.

사랑이란

솔직히,
내 모든 걸 다 주면
되는 건 줄 알았다.

두 번째, **고독**

1.세상에 홀로 떨어져 있는 듯 매우 외롭고 쓸쓸함
2. 부모없는 어린아이와 자식없는 늙은이

어느 정직한 미치광이의 유서

난 하루의 절반을 음악을 들으며 살아간다. 잠이 들 때도 허름한 워크맨과 이어폰이 곁에 없으면, 도저히 잠을 이룰 수 없다. 그들은 마치 세상을 거닐기 위해 항상 함께해온 나의 신발과 같은 것이며, 어쩌면 열쇠와 친구보다 더 중요한 존재일지 모른다.

이곳에서 휴식을 취할 때도, 난 음악을 들으며 영감을 얻고 내 머릿속에 사라지기 전 노트에 볼펜의 선혈로 기록한다. 수많은 음악과 담배, 그리고 그들로 인해 난 내가 아직 살아있음을 깨닫게 되고, 이 세상을 향해 과감히 가운데 손가락을 추켜올릴 수 있는 용기를 얻는다. 그 용기는 모두가 나를 미치광이 취급하게 만들었으며, 그런 그들에게서 내 존재는 점차 잊혀져갔다. 결국 난 내가 이뤄 논 것들을 뒤로하고 저 문을 통해 방황하게 되었고, 고독이란 단어가 내가 감당할 수 없음을 깨달았다.

나에게 침을 뱉던 그들을 향해 웃음지어 보일 수 있을 만큼의 시간이 흐른 뒤, 결국 난 구겨지고 낡아빠진 시선으로 남았을 뿐, 난 단지 누군가에 의해 만들어진 빛을 따르느니, 그 누군가가 손대지 않았던 태초의 깨끗함을 말하고 싶었을 뿐이란 말이다.

메피스토, 그의 웃음은 날 대변하고 핸드폰 속의 그들은 날 한없이 작게 만든다. 배고픔에 건디지 못해 희미해진 눈 사이로 배를 채운 뒤 난 또 티타임 따위나, 부드러움을 찾는 간사한 모습으로 전락해 있겠지.

수많은 사람들을 보고 또 보아왔지만, 그들 속에선 내가 찾고 싶었던 답 따윈 보지 못했다.

미안해요. 그대와 나눈 이 시계가 멈췄을 때, 난 이미 모든 의미를 잃어버렸어요. 아주 오래전, 당신이 멈춰버렸듯 나 또한 식어버렸어요. 미안해요. 미안해요. 당신들에게도 나의 의지 없이 만들어져 나의 본능에 의해 태어난 이 세상은, 본능보단 이성을 강요하는 이 세상은.

그저 혼돈일 뿐입니다.

B급 몽마르트의 사색

나른한 오후 창 밖에 앉아서 나는 보았지.
떠나가는 네 뒷모습 보면서 나는 웃었지.

모든 걸 제자리에,
멈춰선 내 모습이 부끄럽지 않기를 .

모든 걸 제자리에,
돌아 본 네 모습에 실망하지 않기를.

모든 걸 알겠다며 멈춰있던 나.
아무것도 모르면서 떠나가던 너.

모든 걸 알고 나서 슬퍼하는 너,
아무것도 모르고서 웃고 있는 나.

모든 걸 제자리에,
멈춰선 내 모습이 비참하지 않기를.

모든 걸 제자리에,
돌아 본 네 모습에 눈물짓지 않기를.

모든 걸 제자리에.

바보가 되어

가진 재주는 많지만 잘하는 것 없는 이에게,
운명을 발견하여도 웃고 말아버리는 이에게.
암울함의 극을 달리는 탈을 가지고도
적색공포를 두려워하는 이에게
오늘은 외로운 인사를 피워보련다.

나의 가슴은 언제나 별들의 전쟁.
누군가는 내게 어떤 말을 하고
또 다른 누군가는 또 다른 어떤 말을
나에게 흘겨 줄 것이다.

아무것도 가진 것 없는 자들의 행복함도 없고
무언가를 초월한 자들의 우월감도 가지지 못한 사람.
그 중간에서 허덕이는 사람.

가끔 누군가의 동정어린 말들과,
힘내라는 사람의 말을 들으면
다시 힘을 내서 걸어가는 바보 같은 사람.

아무것도 생각하지 않는 바보가 되어.
아무것도 모른다 말하는 바보가 되어.
바보가 되어, 바보가 되어, 천하의 바보가 되어.

그늘에선 나무야

그늘에선 나무야 그늘에선 나무야.
내 아무리 뛰어나도 냉기만 스미는,

그늘에선 나무야 그늘에선 나무야.
누군가의 휴식처요 누군가의 안식처인,

그늘에선 나무야 그늘에선 나무야.
이글거리는 저 태양을 맨몸으로 맞서 녹는,

이글거리는 나무야 이글거리는 나무야.
세상이 널 조롱코 울타리는 조여 오는,

그늘에선 사람아. 그늘에선 사람아.

예술과의 대면

내 속에 내가 너무도 많아
너의 한 귀퉁이에 머물 수 없음을 용서하라.

하늘로 이어진 운명이 아니라
그 사명의 파편일 수 없음 또한 용서하라.

자고나면 출렁이는 머릿속,
오늘의 나이고 싶음을 매일 깨닫나니

나로써 나를 위하고 나를 축으로 돌 때
너란 비바람이 내 옷깃의 향기로 맴돌 뿐,

내 속에 내가 너무도 많아
그대에게 꼭 맞는 일그러짐이 아님을 용서하라.

억지로 갈겨댄 글

10년 간 호수를 지키던 백조도 모이를 먹지 못하고,
아스팔트에 뒤덮인 이 나무조차 구하질 못하는 내가,
무슨 염치로 이곳에 올랐느냐 묻는다면,

강물에 침을 뱉고
그 침이 다 흩어질 기다라는 시간보다 비루한 인생이여,
준비된 적 없이 출발한 그 기차가 이리도 덜컹이니

나의 사고와 가슴에 죽음을 알리지 않은 채
어릴 적 달빛에도 당당했던 내가,
지금은 별빛에도 움츠러드니 이곳에 왔노라고,
그래서 묻고자 이곳에 왔노라고.

백조야, 너는 10년이 지나
이 호수의 숨결을 다 익혔느뇨.

세상이 내게 백년도 채 안 되는 인생을 쥐어주며
그 숨결을 구별하라 책과 사진을 내미니,

100년 전에도 이랬는지 묻고자 이곳에 왔노라고
짜증이 나서 이곳에 왔노라고.

솔직히 겁에 질린 네가
이곳에 왔어야 한다며 이곳에 왔노라고.

결국, 고독

가슴을 파고들 것 같던 고독이
징징거리며 귀 속으로 쏟아지면
그 무게에 하늘이란 가족을 잊고
그 무게에 구름이란 벗을 잃는다.

공기의 진동사이로 비벼드는 공허함을
사람의 말로 딱히 표현하기 힘들 때면
그 부끄러움에 소통을 요구하고
그 부끄러움에 주변을 두리번거리지만,

흘러간 추억과 견줄 안타까운 오늘 속에서
그 누구에게 전과 같음을 구하며 반해갈까.

그 누구도 씻을 수 없는 고독이란 내 피부와
그 누구도 기댈 수 없는 약해빠진 내 심장에,

그래도 이 새벽 잠시 녹아들어 그대 쉬어간다면
내일 마주할 종이에 이 글귀를 새기겠지만,

결국, 고독. 그것은 더욱 격하게 스며들 어제의 새벽.
오늘의 그대. 그리고 내일의 가면을 쓴 지난 날.

결국, 고독.

혼란

대한민국엔
무수히 많은 예수와 무수히 많은 부처,
그리고 무수히 많은 공자와 소크라테스가 존재한다.

물론 무수히 많은 니체도 존재하고
무수히 많은 칸트 노자도 존재한다.
그래서 도대체 누굴 믿어야 할지 모르겠다.

우리는 울지 못할 이야기

어제는 돈을 던지고,
오늘은 돌을 던지며
내일은 돈을 찾아나서는
난 나의 삶이 그럴 것임을 안다.

비어있는 눈으로 별을 대신하고
불룩해진 배로 청산을 대신하며
주체 못 할 아랫도리로 호수를 대신하는
난 나의 인생이 그럴 것임을 안다.

이 세상 모든 것을 의심해보는 용기와 열정,
아, 나의 청혼은 지금 어디로 가고 있는가.

그래, 또 다시

없는 자의 시련은 배고픔이오,
가진 자의 시련은 오만이더라.

넘치는 시련이란 사람이고
노력의 시련이란 세월일지니,

그래, 또 다시 태워 넘친 내 열정이
그 무엇으로 고통이지 않아
나 자신이 시련일 때,

미련한 꽃가루 위에서
다시 걷도다. 그대 또 다시.

어둠

어둠을 담아 썰면 고뇌가 되고
새벽을 잡아 무치면 영감에 이른다.

아침을 깨우노라면 멍청이가
오전을 두드리노라면 숨이 가빠온다.

오후를 슬그머니면 잠이롭고
저녁의 입구에선 그 눈만 빨라진다.

그리고 다시 어둠을 벗 삼아 글을 쓸 때면,
어제나 기억나 않은 오늘이란.

어제로 칩거한 오늘의 역사란
언제나 기다림보단 애원을 하게 되는 것.

친구에게

살아있다면 분명 넌 오늘 같은 날 웃었겠지. 아주 호통하게. 하지만 오늘 하루의 웃음을 위해 수년간 고통스러웠던 시간을 다시 너와 함께하고 싶어 해도 되는 건진 모르겠어. 그냥 오늘 하루만 살짝 너와 함께 지내면 안 될까.

솔직히 인생을 소중히 여기라지만 하루하루가 매번 가치로울 수 있을까 싶어. 설사 그렇다하여도 대부분 사람들이 그렇지 못한 삶을 살아가고 있으니까.

믿는 것이 진실이 되는 인간에게 정말 인생의 통일적 가치가 있기는 할까. 살아있는 게 고통스러운 건 아냐. 하지만 계산하고 밀어내고, 가끔은 도와주고, 그러다 짜증내고, 창피해서 어디론가 떠나고 싶고, 어쩌면 그 고통의 시간이 있었기에 오늘이 더욱 가치 있는 건 아닐까 싶어. 허나, 그러면 인생의 무게를 어떻게든 줄여볼까 하는 현대인들의 인생의 가치가 떨어져 버리는 걸까. 글쎄, 믿는다고 모두 옳은 건 아니니까. 긍정할 순 없지만 틀린 말은 아닌 것 같아. 그래서 네가 그리울지도 모를 일이야. 어쩌면 우리가 함께한 그 시간이 그리운 걸지도 모르겠네. 아냐, 오늘만큼. 적어도 오늘만큼은 그때가 그립다기보단 네가 그리워. 이건 확실해.

우리가 다시 만나는 날?

그런 날은 더 이상 오지 않겠지? 없을 거야. 그리고 이 편지가 너에게 닿을 것이란 기대도 하지 않아. 하지만 나의 이 공들인 편지 한 장이 그동안 우리 추억과 기억을 상기시켜주며 나의 이 시간을 가치 있게 만들어주니까 남기는 글귀일 뿐이야. 단지 내 만족을 위한 자위와도 같은 것이지. 쏘리. 나를 위한 행복에 지금 널 끌어드려서.

해가 지네. 아니, 이미 졌네.

이젠 불을 켜야지. 예전엔 너와 함께일 땐 불을 켜지 않아도 즐겁고 유쾌했는데, 이젠 해가 지니 무서워 불을 켜야 하네. 그래도 내일의 해를 다시 볼 수 있는 내가 너보다 더 운이 좋은 것 같다.

더 행복한진 모르겠지만.

잘 지내.

고독 1

숨고 싶어 두리번거리는데
이미 숨어있는 내 모습을 발견하거나
아무도 지금 곁에 없기에
숨은 것이나 마찬가지인 상황.

고독 2

침묵이 일관되는 삶.
고요하지만 제정신일 수 없고,
조용하지만 귀에 들려오는 공기소리에
그 외로움조차 멀어지는 상황.

찬다

나이가 찬다. 주변 사람들이 하나둘씩 짝을 찾아가고 차를 사고 돈을 저금하며 독단적이던 결정권을 박탈당하기 시작했다. 나는 그 틈바구니에서 무언가에 홀린 듯 하늘만 바라보고 있기에 제자리에 멈추었다.

내가 무엇을 보고 있었지?

구름이 무궁히 펼쳐진 하늘을 보며 그 그기에 감탄하고 그 크기만큼의 무한함에 탄복한다. 그리고 어느샌가 잊는다. 내가 얼마나 무한하여 그대들과의 상처도 그리 길지 않은 시간의 흐름에 잊고 사는지를. 한 사람만을 사랑하고 한 무리에게만 가족이라 부르고, 한 집단에 안주하려하며 한 세계에 속해 서로 웃으며 지구촌의 축제를 즐긴다.

나의 태도, 너의 반응, 그들의 말이 만들어낸 사회적 여러 가지 약속. 나는 더 이상 그것을 부정할 수도 없는 나이가 되어가고 있으며, 그것에 스며들지 않기 위해 발악하는 법도 서서히 잊어가며 그렇게 적응하고 있다. 그렇게 삶이 이어져 나가고 있다.

아, 비루함이여.
그것이 인간이라 말함에
어떤 반론도 내어놓지 못하는
나 또한 그대와 같은 인간이거늘.

충고라기엔 쑥스럽지만

내가 무엇을 해야 할까.
정말 진지하게 매번 고민하고 살았지만
그때마다 정답은 항상 같은 것이었지.
난 그것을 할 것이라고.

하지만 막상 내가 그것을 하며 지내다보면
이것이 진정으로 내가 원하던 일인가 고민하게 돼.

둘 중 하나야.

그 길에 더욱 세분화 되어진 고통 속으로 들어가느냐.
아니면 그 길에서 만난 수 없이 많은 고난들로
지쳐버릴 척하는 것 중 하나일 거야.

긍정은 머리를 식히고, 발을 느리게 하며
감정을 늘어버리게 만들지.

이왕이면 좋게 끝냈으면 좋겠지만
그게 꼭 긍정과 맞물려있다곤 생각하진 않아.
그런 삶을 산다고 믿었네, 친구들.

하루하루가 정말 아무런 일도 없이
지내기엔 우리가 너무 많은 걸 원하게 되더라구.

고독 3

결국 내 입으로 고독하다 외치는 건
그렇지 않다는 뜻이겠지만
그것 또한 하나의 증거이며, 파편이니

나의 외로움에 돌을 던져
연못에 흩트러지는 무언가마저
곧 지나갈 파동의 잠잠함이라 여기니,
오늘도 그저 외롭다.

어디를 가든 무리를 지으려는 자가
가장 나약하거나 가장 약아빠지기 마련이지만

모두가 무리를 짓고 사는 세상에선
고독한 자가 가장 나약해 보인다.

어쩌면 흔한 교차로에서

위태로운 너를 닮은
잊고 지난 나를 보았기에

문득 깨닫나니 그 또한
나처럼 일그러져 있었다.

이미 나야 버림받아
구원받을 차례라지만

그토록 헐떡이며 걷는
그대 또 어찌 흘러갈까.

교차 된 우리의 하루 속
여전한 그대의 침묵을 달래며

비틀거리지만 조숙한 그대와
이 온기 한 조각을 나누고 싶었다.

불투명인간

형식을 없앤 사람은
이제 더 이상 갈 곳이 없어진다.
그래서 항상 굶주려있거나
어떤 모습일지 몰라 더럽게 인식된다.

인생

인생이 아름다운 나이에서
인생이 놀라운 나이로 들어선다는 건
나도 모르게 내가 누군가를 보며
미소 짓는 날.

부모

겁이 없는 게 남자다운 것이 아니라
무지 겁나는데 뛰어드는 것이
진짜 사나이다운 것이고,
죽을 것 같은지조차
잊고 뛰어드는 것이 바로 부모다.

가족

남자인 내가 생각하는 가족이란
화장실 변기에 소변보는 소리조차
안 부끄러운 사이. 딱 그 정도면.

겨울매미

언제부터 이 고통이 전율이었는지 기억나진 않는다.
자, 이제부터 한 가지 비겁한 변명을 하자.
사실 난 이 겨울만 지나면 그녀를 잊을 수 있었단 것이다.

흐르는 아픔, 이것을 빗방울이라 불렀는지
핏방울이라 불렀는지 기억나질 않는다.
아무대로 좋다. 아픔? 혼돈? 절규? 그저 걸어갈 뿐이다.

아, 욱시냥거리는 나의 매운 손으로
한 가치 저 담배라도 피울 수 있다면 비가 아닌 구름이
내려도 내 마음이 이리 암슙거리진 않을 텐데.

찰칵. 어떤 이가 나의 사진을 초상했다.
저 이는 어제도 본 적이 있는 듯하다.
며칠 전에도, 몇 주 전에도, 몇 달 전에도,
몇 년 전에도 저 이는 나의 얼굴을 인화했던가.

급격히 몸이 차가워진다.
나 자신이 무너지는 것을 내가 느낀다.
무너지는 세계 붕괴하는 시간 갈라지는 파도 위,
나는 정점에 서있다. 나는 높이 서있다. 그곳에 서있다.

나는 지금, 사치스러우리만큼 표독스런
이 겨울을 애써 증명하려 하고 있다.

가시나무인 줄 알았네

가시나무인 줄 알았네.
비틀어져 앙상하이 겨울임을 잊고
가로수의 설움마저 이 추위 속
그 즐비함에 와락였다네.

그런 사람 어디 흔할까.
노랫말이 가벼워 울다 시들고
다시 핑 눈망울에 들이치는
고독을 씹어 삼키면,

연이은 담배향이 손가락 젖어들고
도드라지는 머릿속 과분했던 옛 봄날.

아, 난 내가 가시나무인 줄 알았네.
너의 향 닿을 자격 없는
형편없는 돋은 나무인 줄 알았네.

사람의 손은 두 개다

사람의 손은 두 개다.

한 손에만 그 짐을 들고 인생을 걸어가는 자는 문, 혹은 어떤 어려운 난관에 봉착하여도 쉽게 그 문을 열고 닫을 수 있다. 허나 이런 행운의 삶을 누리는 이는 매우 드물다.

사람의 손은 두 개다.

양손에 짐을 들고 걸어가는 자는 문을 만나면 짐을 한쪽으로 옮겨놓고 문을 열고 닫으면 된다. 허나 그 한 손이 두 개의 짐의 무게를 모두 버틸 수 있어야 가능한 이야기이며 이마저도 매우 행복한 사람이라 할 수 있다.

사람의 손은 두 개다.

인생의 거리에서 세 가지 이상의 짐을 가져야 하는 이는 문을 만나도 쉽게 열 수가 없다. 어떤 이는 짐들을 저글링하며 문을 열기도 하고 어떤 이는 한 손에 세 가지의 짐을, 어떤 이는 한 손에 두 개의 짐을 두고 나머지 한 손에 짐을 든 채로 문고리를 잡으려 했지만 재빠르고 용의주도한 문고리는 무겁게 내미는 그대의 손에 잡혀주지 않아 그대 어쩌면 낙오 될지도 모를 일이다.

우리가 살아가는데 꼭 함께해야 할 짐은 그 종류도 다양하다. 가족, 직업, 취미, 사랑, 우정, 경쟁, 투쟁 등. 어쩔 땐 큰 힘과 좋은 버팀목이 되기도 하는 것이 이런 짐이라지만 그대 지금 몇 개의 무거운 짐을 짊어지고 인생을 걸어가는가. 인생이란 자신의 나약함으로 전세대의 속죄의 길을 걷는 시험과도 같은 것.

하물며 그런 인생이 60억이나 바글바글거리는 이 세상에서 어찌 그대의 하루가 평온함에 감사하지 않고 불평, 불만만을 그리도 늘어놓는가.

그것도 그대에게 힘이 되어준 그대들에게.

세 번째, **세상**

1.사람이 살고있는 모든 사회를 통틀어 이르는 말
2. 사람이 태어나서 죽을 때까지의 기간
3.어떤 개인이나 단체가 활동할 수 있는 시간이나 공간

직업

쉽게 말해 우리가 종일 업무의 스트레스에 시달려야 하는 이유는 원시시대의 목숨을 걸고 사냥을 했던 2, 30분의 짧은 시간을 길고 연하게 만들어 적어도 당장에 목숨을 걸 필요는 없는 시대에 살고 있기 때문이다. 덕분에 몸은 목숨을 걸지 않게 되었을지 모르겠지만 하루 종일 사용하기에 이골이 나기 쉽고, 먹고 살자는 정신적 스트레스는 더욱 장시간 동안 주입되기 때문에 감당하기 힘들다. 그 스트레스의 강물이 인간의 계급적 사회에서는 당연히 위에서 아래로 흐를 수밖에 없는 게 바로 현실. 이런 세상에서 아무렇지 않게 힘내며 잘 살아가는 사람들이 비정상이다.

세상의 밥

벼는 익을수록 고개를 숙인다는 말이 있다. 아마 그 의미는 다들 잘 알고 계시겠지만 이 말에는 한 가지 대단한 착각이 숨어있다. 바로 벼가 굽어져 살랑인다 한들 그 안면과 뒤통수가 어디인 줄 알고 함부로 고개를 숙였다 단정 짓는단 말인가. 익을 대로 익은 벼가 정말 겸손하게 고개를 숙인 것인지 배를 내밀고 나자빠져 있는 것인지 말이다.

어쩌면 그것은 지식인들이 오만에 빠져 독단할 것을 염려한 것이 아닌 세상을 향해 다른 소리와 이상의 나팔로 위태로워지길 겁낸 자들의 변명일지도 모른다. 정말 고개를 숙인 벼들과 배를 내밀고 나자빠진 벼들이 함께 뒤섞여 지난 5천 년간 우리의 밥상에 올라왔었고 우린 그 뒤섞임에 찰진 밥을 맛있게 먹고 자랐다.

세상도 마찬가지임을 우린 기억해야 한다. 기뻐하는 자, 노여워하는 자, 슬퍼하는 자, 두려워하는 자, 사랑하는 자, 증오하는 자, 욕심내는 자, 모두 한데 뒤섞여야 그 맛이 제대로 살아나는 것이 바로 세상인 것이다.

세상 그 어떤 일도 옳고 그름이 없지만 한쪽으로 치우치지 않기 위해 노력해야 함은 사실이다. 그리고 그 투쟁의 역사는 매번 현실과 이상을 오가며 시름이기 마련이다. 역사의 의미를 제대로 존중 할 줄 안다면 우린 20세기를 통한 실수를 21세기에도 똑같이 반복해서는 안 될 것이다.

첫 느낌

새로운 것이 생긴다는 건 참으로 신선한 일이다.
적어도 우릴 위협할 물건을
곁에 둘만큼 우린 아둔하지 않기에
허나 가끔 새로운 것 속에서도
우린 두려움을 발견하곤 한다.

중간고사 성적표, 부모님 싸인 란. 대학교 등록금.
끝없는 교재 값. 회사의 결재 판, 부장님의 싸인 란.
그리고 익숙한 이들의 조촐한 죽음까지.

비 오는 날 새벽,
창틀로 돌진하는 빗물소리에 잠을 깨
내일 출근 사실에 잠들지 못한 적 있는가.

언제부턴가 익숙해진 모든 것들 사이로
그것만큼은 아직도 저주에 가까운 짜증스러움이라면
오래전 몰래 날조한 성적표를 들고 부모님을 찾아뵙자.

더 이상 부모님에게 혼나지 못할
그 성적표가 거울에 비친 당신의 모습이
어디서부터 일그러졌는지 알려줄지도 모를 일이다.

D-Day

문득 올려다 본 달력에 빨간 동그라미 칠을 발견했는데,
도무지 어떤 날인지 기억이 나질 않았고 이미 날짜가
지나 있어 나중엔 화까지 나더라.
그러나 서서히 잊혀갔다.

문득 고등학교 1학년 때 첫 시험이 생각났다.
한 학기 동안 정말 열심히 공부해왔는데,
선생님들이 시험 치기 일주일전
교과서에 시험 문제들을 밑줄 그어주더라.

결국 벼락치기를 한 학생들이
그동안 열심히 공부해온 아이들보다 성적이 잘 나왔다.
난 그때 속으로
'아, 세상이 이런 식이라는 걸
왜 아무도 내게 알려주지 않았나요!?'
라고 소리쳤다.

아마 선생님은 우리에게 세상이 이런 식이란 걸
깨닫게 해주고 싶으셨나 보다. 아마 그때 밑줄을 긋고
있던 당신은 지금의 나와 다른 생각이었겠지만.

그때 멍하니 앉아있던 제가
정말 바보 같은 짓을 한 걸까요?
아마 지금은 당신이 맞추지 못할 그 문제들을.

호들갑

인터넷을 뒤져보자.
어느 날, 조류독감이 돌고, 돼지가 병들었다.
어느 날, 지진이 나고, 화산이 분출되었으며,
어느 날, 새들이 단체로 떨어져 죽고,
어느 날, 무리이동 철이 아닌 짐승들이
대지를 횡단하기 시작했다.

우린 이런 말을 한다.
"세상이 어떻게 되려고 이러누"

반만 년 전, 유럽 부근에 괴질이 돌고,
아메리카엔 지진과 화산이 분출됐으며,
서아시아의 철새들이 단체로 떨어져 괴사하고
아프리카의 짐승들은 단체로 무리이동을 시작했다.

아시아의 큰 나라에 앉은 우린 이야기한다.
"참 올해는 농사가 잘 되어야 될 텐데"

어떤 의미로든 지구는 당신이 생각하는 만큼
호락호락하지 않습니다. 존중해주세요. 제발.

슬픈 현실

세상이 아름다운 이유는,
사람이 색이라면, 그 조화와 통일이.
사람이 꽃이라면, 그 내음과 화사함이.
사람이 새라면, 그 지저귐과 자유로움에.
사람이 사람이라면.

우린 왜 비유를 하나.
나 자신조차 정의내리지 못할
슬픈 현실도피.
술에 취한 자가 보았던,
정신분열자가 보았던 망가진 세상.
뒤집어진 세상.

사람이 예술이라면 그 헝클어짐과
무한한 파괴력이 선사하는 가치.
우린 왜 비유를 하나

나 자신조차 가둬두지 못한.
이 슬픈 현실 속에서.

고기 집에서

누군가는 고기를 계속 구워야
나머지가 맛있게 먹는 법인데,

우린 그 고기 값을 낸 사람에게만
마지막에 잘 먹었다 인사를 한다.

인정하라.
그래서 당신이 이 세상에서
하루하루를 헤쳐 나갈 수 있다.

그리고 부끄러워하라.

2011.11.29.03.00

당신의 목표가 100%라면
불완전한 인간인 당신은 100%가 될 수 없다.
하지만 당신의 목표가 그 일을 해나가는 것이고
그 뜻을 지속하는 것이라면 당신이 이루어내는 것들은
자신도 모르게 120% 혹은, 200%가 되기도 한다.

분명 꽃이나 태양이 완벽하여 끌리는 건 아니다.
인간도 완벽해서 아름답거나 성공하는 것은 아니라는 것.

우리가 100%일 순 없지만 무한할 수 있단 걸 잊지 말자.
당신은 100%라는 감옥에 무한 반복되는 기계가 아니다.

만약이란 안타까운 미학

바퀴가 네모였다면, 세상은 조금 느렸을 텐데.
바퀴가 네모였다면, 세상은 조금 조용했을 텐데.
바퀴가 네모였다면, 세상은 쉽게 이별하지 않았을 텐데.
세상은 자주 만나지 못해 참 그립고 즐거웠을 텐데.

지구가 네모였다면, 바퀴가 네모였다면.
내가 여기서 이렇게 바보처럼 서있지 않아도 될 텐데.

하루하루

똑같이 눈뜨면 내 앞에 펼쳐지는 이 세상을 향했던
과거형 열정과 용기는 식어버린 차가운 내 방에
우두커니 앉아서 죽음을 향해 뛰는 내 심장의 깨달음
어제와 똑같을 내일과 똑같기만 할 오늘을 생각해 사실.

어제는 나에겐 너무나 느렸었지만
오늘은 여기 벌써 지고 있는데.

하루가 또 하루가 이렇게 흘러가면 이게 일상이라고
또 하루가 제발 하루만 그렇게 움켜잡고 서서히 식어가는
내 하루가 오, 내 하루가 이렇게 흘러가면
하루가 또 하루가 어느새 흘러가면 이게 이상적이라고.

바람 골

친구가 걸었다.
나는 수화기를.
길에 작은 새 없다고.
하늘을 훨훨려도 길 따윈 없다고.

어제의 내 모습이 오늘의 너임을,
어제의 네 모습이 오늘의 나임을.

바람 골에 저 바람 골에
내 두 다리는 무너지도다!

바람 골에, 저 바람 골에
내 두 다리는 부질없도다.

목마른 새는 땅으로. 우리는 오로지 하늘
하늘에 무엇이 있기에,

도대체
저 하늘에 무에 있어 그리도 지쳐 바라나.

날개

있어봤자,
처음해보는 비행에서
추락할 건 당연한 일이잖아.

살고 싶으면 죽기 살기로 날갯짓을 하란 말이야.
아름다운 세상을 볼 여유 따윈 없어!

그 자리에 서면

내가 그 자리에 서면 달리질 것이라 믿었다.
그곳, 그 자리에 서면 세상은 나를 축으로 돌고,
모두가 나의 말에 귀 기울이며,
나의 몸짓은 한편의 시가 될 것이라고.

그것은 그들의 앨범 속 한 장의 사진에 불과하다는 것을,
차분한 나의 심장에 아무런 도움이 되질 못한다는 것을,

이제 나는 주저앉고 말 것이다.
멀어진 넌 나를 보지 못할 것이다.

아무도 내가 이곳에 서있었다는 것을
기억하지 못할 것이다. 주저앉은 나조차도.

부품

탄생

‖

유치원

‖

초등학교

‖

중학교

‖

고등학교

‖

대학교(연애)

‖

취업(술)

‖

결혼

‖

출산

‖

죽음

‖

오예!

독꽃

끝을 모르는 미칠 듯한 자신감.
그 위에 피어오르는 한 송이 독꽃, 오만.

정상에 수놓인 이 아름다운 꽃을 꺾기 위해
난 오늘 또 자신을 낮추고 낮추어 본다.

그저 날 좀 봐달라고 허공에 울부짖는 한 마리의 짐승.
그저 날 좀 안아달라고 그녀 앞에 멈춰버린 덩그런 얼음.

시간의 열차에 앉아보니,
스쳐가는 모든 것이 신기한 인연인 줄 알고,

바람의 단맛을 맛보니,
세상 모든 건 그저 피어나는 덧없음인지라.

아무도 모른다. 아무도 모른다.
아무도 내가 이 주배에 취해있는지 모른다.

어쩌면, 이토록 달기만 했던 독배가
오늘 그대의 기쁨일지도.

천고마비

우리가 올려다보는 하늘은 저 먼 우주 끝에서
수천만 별의 잔상을 지나 그대의 곁으로 떨어진다.

그대, 하늘을 마주한 기억은 대체 언제란 말인가.
비가 올까 싶어 올려다본 하늘 말고,
여유롭게 바라보며 심호흡하던 그날 말이다.

자기사용설명서

너무 많은 세상을 돌아다녀 자신을 잃는 경우도 있다.
우린 다양한 걸 보면 무조건 좋을 거라 믿는다.
하긴 그 방법이 가장 쉬운 방법이기도 하다. 묻혀가기엔.

마음속 까닭모를 두려움을 경험부족이라 최면을 걸며
남과 다른 개성이 있는 자신을 발견하기보단
다른 개성의 존재들의 장점만을 자신에게 우겨넣다보면
좀 덜 불안해지고, 좀 덜 예민해지며, 좀 덜 눈치 보게 된다.

사람들은 그걸 어른스럽다고 부르지만
난 자신의 사용설명서를 모른다고 부른다.

현실

날아가는 새의 그림자는 움직이지 않는다.

잊히는 건 사람이 아니라
나만이 가지고 있는 조촐한 기억일 것이고,

사랑했던 것도 네가 아니라
우리가 속한 그 시간이었을 것을.

세상 또한 변하지 않는다.
변하는 건 바로 우리의 태도일 뿐
세상은 그 태도에 따른 형태만 제시한다.

살아있는 자의 죽음

누가 내게 인생을 묻기에 거창해 뱉었다.
새에게 나는 법을 가르쳐 무엇하나.
어린아이에게 순박함을 말해 무엇하나.
지구는 지구라지만 우린 벌써 잊고 있는데.

누가 내게 어제를 묻기에 귀찮아 흘겼다.
시계를 바라본들 시간을 알 수 있나.
꿈에서 깨어 거짓을 안들 무엇을 알 수 있나.
현실은 잔인하지만 우린 벌써 흐려지는데

아흔아홉 번

아흔아홉 번의 실패와 한 번의 성공으로
너는 그것을 얻었다고.

아흔아홉 번의 거절과 한 번의 본능으로
난 삶을 거머쥐고 말았다.

저 멀리서 숨 쉬는 이는,
아흔아홉 번의 잘못을 한 번의 가면으로 가려

오늘도 숨을 쉰다더니.
그 또한 한 번의 성공과 한 번의 피조물.

아 참 쉽다. 세상이란
참으로 더럽게 쉽게 나자빠지는구나.

틀 없이 살라

틀 없이 살라.
틀 없이 살라.
답은 있되, 틀 없이 살라.

그대의 사과가 나무에서 떨어져도
그대 사과를 하늘로 던질 수 있으니

틀 없이 살라.
틀 없이 살라.
신념은 있으되, 틀 없이 살라.

그대가 아는 것이 곧 답이라 하여도
그대 쉽게 부정 커나 사색할 수 있으니

틀 없이 살라.
틀 없이 살라.

축제 속에서

바스라지는 사람들 속
피할 길 없는 테트리스

이름 모를 해병의 교통정리에
멈춰선 광란의 인생로(路)

스치는 조명보다 어두운 난
그 잡음마저 사치스러운 자.

애써 태연한 척 으쓱여도
이젠 학교 같지 않은 직업소개소

나는 축제가 싫다.
그리워질 머지않음이기에-.

세상 1

결국 서로가 서로를 투영하여
비춰진 나 자신의 얼굴.

세상 2

결국 우린 모두 이기적인 형제들이다.

판

육체적으로나 정신적으로
사랑하거나 고독한 사람들이 모여
서로를 향해 끝없이 변명하는 곳이
요즘 우리가 사는 판이 아닌가 싶어요.

네 번째, **변명**

1.어떤 잘못이나 실수에 대하여 그 까닭을 말함
2. 옳고 그름을 가려 사리를 밝힘

당신의 변명을 응원합니다

당신의 변명을 응원합니다.
너무도 바쁘고
이토록 외롭고
그토록 찌들어있는

당신의 변명을 응원합니다.
그래서 여유롭지 못하고
이래서 자비롭지 못하며
그 후로 지혜롭지 못했던

당신의 변명을 응원합니다.
우리가 쉬어가는 여유를 되찾고,
당신이 사랑하는 마음을 되찾고,
다시 마음을 열 수 있을,

당신의 변명을 난 응원합니다.
이 순간을 영원히.

작은 사회

예를 들어 내가 이렇게 마음을 먹었다.
그러면 저렇게 마음을 먹었을 때 발휘될
내 마음 속 어떤 덩어리가 왜 이렇게 마음을 먹었냐고
어서 저렇게 마음을 다시 먹으라는 듯 울컹인다.
그럼 이렇게 마음먹기를 원했던 또 다른 덩어리가 나타나
그것을 막기 위해 애쓰고 나는 이내 고민에 빠진다.

그리고 그 순간을 놓치지 아니하고
나타나는 어떤 외형적 영향들.

모든 인간의 마음속엔 작은 사회를 하나씩 가지고 산다.
그래서 적은 바로 내 안에 있다는 말과
자신을 대하듯 남을 대하라는 말이 있나 보다.

아님 말고.

악사

거리의 악사가 있었다. 그 신들린 연주는 마을을 넘어 대도시와 성에까지 퍼졌고 소문을 들은 왕은 악사를 궁으로 초대하였다. 악사의 연주에 빠진 왕은 그가 궁에 머물며 많은 음악을 들려주길 원했다. 왕이 돌아가신 부모님이 보고 싶다면 부모님을 연주하고, 왕이 지금은 볼 수 없는 형제들을 보고 싶다면 그 속죄를 받아들여 형제들을 연주해주었다. 왕이 악사에게 물었다.

"어찌하여 그리도 황홀한 연주를 할 수 있는 것이뇨?"

술에 취한 왕의 똑같은 질문에 악사의 대답도 같았다.

"본디 음악이란, 신의 언어인지라. 바른 마음만 있다면 연주를 할 수 있사옵니다."
"오, 그렇다면 그대가 악장이 되어준다면 만천하에 울려 퍼지게 할 수 있겠군."
"소인 어찌 그런 중책을 받을 수 있을지."
"아니, 그대라면 가능하다. 그대라면 가능하다 믿네."
"그럼 전하. 한 가지 청이 있사옵니다."
"무엇인가?"
"음악의 가치는 문화가 낙후되어 백성의 마음이 흉하면 스며들지 못합니다."
"그거야 당연한 소리. 그럼 어찌하면 좋겠는가?"
"백성이 폐하의 덕을 모두 읽고 쓴다고 들었사옵니다."

"본론을 이야기하라."

"그들의 희로애락을 쓰고 조화롭게 그리게 하시옵소서."

"그것이 왜 악사인 그대의 청이란 말인가."

"나라의 주인은 바로 백성이기 때문입니다."

왕의 술잔이 떨린다. 그리고 곧바로 고뇌를 토로한다.

"그럼 난 뭐란 말인가?"

"백성들의 마음을 풍요롭게 한 마음 속의 님이 되십시오."

"마음속의 님."

왕은 다음날로 백성들에게 주기적으로 글짓기를 명하고 그림을
그리게 했으며 왕실의 음악뿐만 아니라 수많은 민중가요들도 중흥
하였다. 1년이 채 되지 않아 나라는 큰 발전을 이루었다. 군사력이
그리 강대한 것도 아니었지만 이웃나라가 업신여기지 못하였고 도
리어 그들의 책과 그림, 그리고 악기의 연주법 등을 전수받아 가
곤 하였다. 적대국의 소규모 약탈은 점차 잦아들었고 타국이 모두
우방이 된 나라에 함부로 큰 전란을 일으키진 못하였다.

옳게 배운 백성은 약탈의 부끄러움을 알고, 인간의 평등함을 주
장하되, 뿌리 깊은 군자를 존중하고 존경하였으며 왕이 행차하는
길에 백성들은 진심으로 고개 숙여 감격의 눈물을 흘렸다. 그러자
나라에 풍년이 깃들고 누구하나 가슴을 떳떳이 펴지 않은 이가 없
었다. 허나 한 가지 문제가 있었으니 바로 집권세력이었다. 나라의

재상이자 집권세력의 우두머리는 자신들이 천대 받는다 여겨 문인들과 예인을 중시하는 것에 큰 불만을 토했으나, 문화의 힘을 등에 업은 왕의 후광에 저린 손목만 부여잡고 있었다.

"올해 우리 공주가 성년이 되는 해라네."

"경축 드립니다. 전하."

"그대가 그 아이를 위해 음악을 하나 만들어 주겠나."

"성은이 망극하옵니다."

어느 날, 왕은 악장에게 공주의 성년식 행사에 쓰일 음악을 부탁했고 밤과 새벽을 벗 삼아 작업에 몰두하였다. 나라의 문인들도 공주의 성년식 준비에 한창이었는데 그 행사는 마음이 풍요로운 백성들의 눈엔 호화롭고 사치스럽기보단, 아름답고 수많은 영감을 던져주는 한 폭의 그림이었다. 성년식 당일 연주를 하던 악사는 깜짝 놀라 한 음절을 틀리고야 말았다. 행사장에 등장한 아리따운 공주의 향기에 신들린 손가락마저 굳어버린 것이다. 악사는 즉석으로 곡을 편곡하기 시작하였다. 자신이 생각한 아름다움의 범주를 뛰어넘은 공주의 모습에 보내는 찬사였다. 고개를 들지 못하고 그 모습을 흘기던 공주는 악사의 모습에 반했다. 그렇게 둘은 사랑에 빠지게 되었다.

둘의 만남은 은밀하고 깊었다. 허나 궁을 둘러싼 집권세력이 이 사실을 모를 수 없었고 곧 왕에게 알려져 악사는 참수 당하였다. 나라의 예인 중 그 죽음을 애도하는 이들은 사지를 찢어 죽이는 형벌을 받았고, 그동안의 나라에서 보급했던 대부분의 책과 그림, 악기들은 불태워졌다.

나라가 다시 평온해질 거라 생각한 제사장과 집권세력이었지만 이미 그 문화적 잠재력이 일깨워진 백성들의 반발은 항쟁과 투쟁으로 변해갔다. 그러자 잠잠하던 주변국의 참견은 다시 심화되었고, 적국과의 겨우 시작된 외교는 또 그렇게 단절되었다.

허나 우린 이 이야기에서 한 가지 모르는 사실이 있다.
그건 바로,

그 악사는 여인이었다.

나의 기타여

너와 참 오랜 시간을 함께 지냈네.

우리가 함께 만든 몇 곡의 노래들이 만약 제대로 음악 할 마음이 생겼었다면 좀 더 세상의 많은 사람들에게 우리의 울림을 전해 줬을 텐데 그러질 못했지. 이젠 이렇게 시간이 흘러 소리조차 제대로 내질 못하는구나. 어쩌면 너의 넥에 금이 생겼을 때부터 예전의 우렁찬 소린 사라졌을지도 모르지. 난 그것도 모르고 기타를 치고 또 치고, 그러다 또 부서진 것들이 모두 나의 잘못으로 돌아오는 것 같네. 저렇게 테이프를 붙여 써봤자 한두 달도 못 간다고 모두 이야기를 했지만 난 전문가를 찾지 않고 그대로의 너로써 연주하고 있지. 이젠 헤더와 넥 사이에 균열이 너무나도 크게 벌어져 매번 줄의 장력에 너의 목은 점점 뒤로 넘어가기만 하네.

죽음이란 누구나 찾아가는 법. 이런 너에게 내가 해줄 수 있는 최대한 배려는 있는 그대로 나와 함께 연주할 수 있는 시간을 조금이라도 지속시켜보자는 생각이야. 조금의 시간이 흐른 지금에선 어쩌면 그때 그냥 너를 보냈어야 됐을지도 모르겠단 생각도 든다.

넌 곧 완전히 그 힘을 잃고 이제 곧 나도 당분간 그 아픔으로 연주를 할 순 없겠지. 잔인한 이야기지만. 현실이야.

군대제대를 할 때도 너를 매고 있었고, 복학을 할 때도 너를, 휴학을 하고 집으로 가는 길에도 너를, 서울의 한복판에서 연주를 할 때도 난 너와 함께였는데. 이젠 추억이고, 얼마 남지 않는 시간들이네.

다른 사람들에겐 모르겠지만. 나의 영감들을 함께 듣고 연주했던 너를, 나의 글을 남길 수 있는 곳에서 위로해 보려고 한다.

얼마 남지 않은 몇 주. 잔인하고도 슬픈 이야기지만.
내 손가락의 군은살이 도핑처럼 일어나 피가 날 때까지.
그리고 너의 삶이 다하는 날까지.
언제나 그랬듯 하루에 몇 시간 씩.
꼭 함께하자. 나의 기타여.

그대의 신을 논하다

제가 만약 신이라면,
내가 준 재능을 무시하고,
내 자식이 오로지 공부만 잘하게 해달라고
기도한다면 그 소원 안 들어줍니다. 괘씸하거든요.

다음부턴, 건강 다음으로
오로지 공부만을 기도하지 마시고
내 아이가 정말 잘하는 것과 흥미로워하는 것이
무엇인지 알려달라고 기도해보십시오.

내일부터 당신과 아이들의 대화는
달라져도 무언가 달라져 있을 것입니다.

기도

내게 다시 삶이 주어진다면
지금의 후회보단
아침 지하철에 스친
그들을 위해 살게 해주쇼.

내게 다시 삶이 주어진다면
나 자신, 내 새끼가 아닌
우리 모두가 형제임이
증명된 세상에서 살게 해주쇼.

허나 내게 주어진 삶의 끝에
눈물로 얼룩져 이마저 잊는다면
다음 생에선 제발
인간이 아닌 것으로 살게 해주쇼.

아, 주어질 삶에서
잔인해도 도저히 파괴적이진 않을,
차라리 사뭇 매너 있는
본능적인 짐승으로 살게 해주쇼.

편견

어떤 눈을 하던
마음대로 생각할 거잖아요

딜레마

넌 왜 항상 나보다
쓸모 있게 뛰어난 걸까.

새벽지기의 변명

이유는,
그대가 보지 못한 밤과 새벽을
그대에게 읽어주기 위해

이유는,
그대가 놓치기 쉬운 비의 향기와
가슴 속 덩어리를 어루만져주기 위해

이유는,
그대가 언제든 찾아올 수 있도록
그 주변에서 시들지 않기 위해

이유는,
그대가 나에게 말을 걸어주는 것만으로
환한 웃음 앞에 내 분신이 선다는 것만으로도

이유는,
사실 그대를 몰랐기 때문에
사실 언제 올지 모를 그 기다림 때문에

잊음의 행복

내가 오늘을 살아가고 있다는 것은
내가 어제를 살아왔다는 말이고
내가 어제를 살아왔다는 것은
그럭저럭, 내 인생이
버틸만했기 때문일 테지만.

오늘이 지나 내일이 힘들어도
난 그 다음날을,
또 그 다음해를 살아가고 있을 것이다.
어제가 나에게 힘겨웠음을
잊은 오늘처럼.

그러지 말걸

이리 외로울 줄 알았다면
그리 오래 걷지 말걸
놓인 길이라 별 생각 없이

아직 반도 오지 않았는데
이미 답은 간단한 이 삶에
어쩌다 한번 웃는

무엇에 의미를 두던
마음먹기에 따라 복에 겨운
진실 따윈 없는 거였다면

그리 흘러간
마땅히 뜨겁지도 못한 이 길이라면
그리 오래 걷지 말걸

난 이제 어쩌나
또 다시 머릿속은 텅 비어
놓인 길이라 별 생각 없이

패배자를 위한 노래

나의 주먹은 정확했는데
세상은 몇 번이고 되살아나 나를 덮친다.
하지만 울지 말라

그대의 주먹은 영원히 기억될 것이다
패배자란 이름과 함께

억울해하지 마라
정말 최선을 다했다면
그걸로 된 것이다.

가끔 세상과 타협하지 않은
불세출의 패배자란 말이

최후의 승자란 말보다
더욱 멋져 보일 때가
있는 법이니깐!

변명 1

내가 무엇을 할지가 중요한 것이 아니라,
어떤 생각을 가지고 바라보고 있는지가 중요한 것이고
내가 어떤 생각을 하는지 보다 더 중요한 것은
내가 얼마나 많은 것에 감동하며 살아가느냐 인 것 같다.
무엇인가를 행하는 건 그 다음의 문제일지도 모른다.

변명 2

솔직히 당신이 봐도 웃기지 않소?
멋 부리기 위해 머리카락을 자르지도 감지도 않는 것이?

솔직히 당신이 봐도 웃기지 않소?
멋 부리기 위해 담배를 핀다던지 안 씻는다는 것이?

솔직히 당신이 봐도 웃기지 않소?
멋 부리기 위해 술을 먹고 기타를 치며 노래한다는 것이?

솔직히 내가 봐도 웃길 것 같지 않소?
어느 순간 당신이 만들어버린 그런 나의 모습이?

1910년 04월 18일

어제 알고 지내는 한 동생이 무언가를 물어왔다. 한 예인이 펼치는 예술의 세계가 암만 특출하다 하여도, 보는 이들이 인정해주지 않는다면 그 또한 문제라는 것. 하지만 이런 말에는 한 가지오류가 뒤따른다. 예술가라는 것이 상위 1%도 안 되는 직업이라정말 열심히 창조해 내지 않는다면, 도달할 수 없는 곳인데, 그렇게 열심히 한 자신의 예술 작품이 과연 타인에게 인정을 못 받는경우의 수가 얼마나 될 것이라고 생각하는가. 그리고 그 경우의 수에 자신이 속할 것이라 여기며 열심히 해보지도 않는 많은 사람들이 대부분 그런 구차한 변명을 한다. 남의 인정을 뒤로하고, 자기 자신이 그 작품에 대해 품는 신념도 없이 무엇인가를 생산해내며 그것을 예술이라 부르려 하는 건 그저 대중들을 눈 가리고 아웅 이는 이들과 무엇이 다르단 말인가. 그렇다고 그런 계통의 일을하시는 분들의 노고와 노력 그리고 그 힘겨운 시간들을 무시하는건 아니다. 또 만약 그것을 예술이라 부른다면 나로써도 달리 할말은 없지만, 어린 날의 추억이었든, 젊은 날의 객기였든, 중년의 로망이든, 노년의 통찰이든, 확고한 의지하나 없이 생산해내는 것들이 어찌 예술이라 불리기를 그리 간절히 원한단 말인가. 당신들이하는 건 대중을 선동하여 자신의 거짓말을 합법화시키고자 할 뿐.그 어떤 향내도 느껴지지 못한다. 난 그냥 지금 나의 이 글이 제발틀렸으면 좋겠다. 그래야 많은 사람들이 지금 있는 그것들을 그대로 믿고 살아가지요. 투쟁 없이 평화롭게.

2010.04.18

　어제 알고 지내는 한 동생이 무언가를 물어왔다. 한 예인이 펼치는 예술의 세계가 암만 특출하다 하여도, 보는 이들이 인정해 주지 않는다면 그 또한 문제라는 것. 하지만 이런 말에는 한 가지 오류가 뒤따른다. 개나 소나 예술가라는 것이 하위 1%도 안 되는 직업이라 정말 열심히 창조해 내도 벗어 날 수 없는 곳인데, 그렇게 열심히 한 자신의 예술 작품이 과연 타인에게 인정을 받는 경우의 수가 얼마나 될 것이라고 생각하는가. 그리고 그 경우의 수에 자신이 속하지 않을 것이라 여기며 많은 사람들이 대부분 그런 구차한 변명을 한다. 남의 인정을 뒤로하고, 자기 자신이 그 작품에 대해 품는 신념도 없이 무엇인가를 생산해내며 그것을 예술이라 부르려 하는 건 그저 대중들을 눈 가리고 아웅 이는 이들과 무엇이 다르단 말인가. 그렇다고 그런 계통의 일을 하시는 분들의 노고와 노력 그리고 그 힘겨운 시간들을 무시하는 건 아니다. 또 만약 그것을 예술이라 부른다면 나로써도 달리 할 말은 없지만, 어린 날의 추억이었든, 젊은 날의 객기였든, 중년의 로망이든, 노년의 통찰이든, 확고한 의지하나 없이 생산해내는 것들이 어찌 예술이라 불리기를 그리 간절히 원한단 말인가 당신들이 하는 건 대중을 선동하여 자신의 거짓말을 합법화시키고자 할 뿐. 그 어떤 향내도 느껴지지 못 한다. 난 그냥 지금 나의 이 글이 제발 틀렸으면 좋겠다. 그래야 많은 사람들이 지금 있는 그것들을 그대로 믿고 살아가지요. 투쟁 없이 평화롭게.

파리의 고백

파리 때의 왕초로 너무 오랜 시간을 살아온 나는
황금빛 꿀을 찾아 이리저리 방황하는 벌들을 욕하고
묵묵히 대지에 발목이 잡혀 일하는 개미를 욕하고
바람을 끌어안고 달리는 저 새마저 농하려 하였다.
하지만 괜찮다. 어차피 파리채는 나만 괴롭힐 뿐이다.
개미가 아닌 내가 개미살충제를 걱정할 필요는 없다.

남기고 싶은 것

오늘 어떤 이가 나에게 물었다.
A: 삶에 마지막이 온다면 댁은 뭘 남기렵니까?

보통 이런 질문을 해오면 멋있게 뭔가 말을 하는데,
평소에 가지고 있던 답이 아니라,
나도 모르게 그 사람을 보며 한 마디를 툭 던졌는데,
집에 오는 길에 생각해보니 그 툭 던진 한 마디가
평소에 가지고 있던 답보다 더욱 값져보였다.
타인을 향한다는 것. 어쩌면,
그것만큼 아름다운 것이 있을까 싶었다.

"날 기억해줄 당신을 남기렵니다."

용기

어른들은 늘 이야기한다.
우리 땐 맨땅에 헤딩하며 공부했다고.

하지만 주위를 둘러보자.
죄다, 아스팔트와 시멘트로 둘러싸여
맨땅에 헤딩할 곳조차 우린 없다.

그리고 맨땅에 헤딩하면
아프다고, 하지 말라 교육시킨 건
바로 당신들이 아닌가.

이제와 용기를 두둔치 말고
그것들을 당신의 삶을 통해
우리에게 증명했어야 했다.

우린 충분히 잘해나가고 있고,
충분히 열심히 살아가고 있다.

속이 뻥!

어떤 사람들은 가슴이 시원하게
뻥 뚫렸으면 좋겠다 말하지만,

이봐, 가슴이 시원하게 뻥 뚫리면 죽는다는 걸 몰라?
그러니까 살고 싶으면 닥치고 잠이나 자.
내일 아침 또 출근해야 되잖아.

이런 젠장!

만화책 속의 깨달음

아직 수라세계에 있는 너의 붓과 펜 그리고 그 공이
지금은 너 자신밖에 지킬 수 없다는 말에 부정이겠지만
결국 모든 걸 떨쳐버리고 홀로되어 그 고독의 무게를
감당할 수 없게 된다면 너 자신에 대해
좀 더 진지하고 투명하게 알 수 있겠지

그렇게 콩알만 해진 넌 탄력이라도 받은 듯
이후의 모든 것을 감싸 안으려 필사적일 것이고
그렇게 너의 기운이 사방으로 점점 퍼져나가
모두를 지키고 보호하게 된다면
그런 다음엔 어떻게 될 것 같으냐. 인수야.

그때 알고 있던 걸 지금도 알았더라면

당신의 모습 속에서 발견한 내 미래의 두려움.
나의 모습 속에서 없어진 그대의 옛 그림자.

지금 알고 있는 걸 그때도 알았다면.
그때 알고 있던 걸 지금도 알았다면.

나와 당신이 도대체 무슨 잘못을 했기에.
안 하면 잊힌다 말하며, 다 기억하는 척.

죽음을 두려워하고 그 두려움을 외면하면
당신같이 후회하며 살아간다는 걸.

나 또한 다르지 않겠지만.
이미 난 괴물이 되었으니.

지금 알고 있는 걸 그때도 알았다면.
그때 알고 있던 걸 지금도 알았다면.

괴물

난 괴물이 되기 싫었다.

더욱 깊숙이 이야기하자면 괴물로 낙인찍혀 살아가야 한다는 것이 싫었다. 대학교 3학년 1학기 과방에 앉아 이런 내 모습을 발견 한 뒤, 난 우리 세대가 너무나도 불쌍하고, 얼마나 어이없는 세대인지를 깨달았다. 그래서 그때부터 하고 싶은 공부만 했고 그 시간을 다른 사람과 대화를 하거나, 사랑을 찾아 떠나거나, 다른 강의 청강을 들어갔다. 당연히 4학년 2학기가 되었을 때 나의 학점은 모자랐고, 난 대학교를 졸업할 수 없었다. 앞서 말했지만 난 내가 괴물인지도 모르고 살게 될 내 미래가 두려웠다.

이런 사회구조를 물려줄 수밖에 없었던 우리 부모님 세대에 대한 불만과 증오도 분명 있었다. 하지만 그것은 그 세대가 가질 수밖에 없는 민주주의라는 빠른 변화와 그것이 안착되기까지의 시간, 그리고 그 이전에 찾아온 민족의 비극 속에서 어떻게든 먹고 살아남는 것이 우선이었던 할아버지 세대의 트라우마를 이해하면서 그래도 이해하는 쪽으로 흘러갈 수 있었다.

내가 이것들을 모두 뒤로하고 더욱 화가 났던 것은 모두다 자신의 괴물 같은 이런 모습을 인지하거나 인정하고 있지만 어쩔 수 없다는 식의 마인드로 살아가고 있다는 것과 아예 그런 관념조차 없이 자신의 불투명한 미래에 대해 회피하고만 있다는 것이다. 무엇이 그렇게 두려운가. 우린 이미 괴물이다. 무한의 경쟁 속에서 스펙을 위해, 밤낮으로 인격의 성숙조차 갈고 닦지 못하며 미친 듯이 달려온 괴물들이다. 아니 위대한 초인들이지만 자신이 초인

임을 알지 못하니 그저 괴물이다.

사실 이런 우리가 도대체 무엇을 두려워해야 한단 말인가. 하지만 나도 두렵다. 무엇이 두려운지 잘 안다. 어떻게든 자식을 대학만은 꼭 보내야했던 부모님들의 눈동자를 봐라보는 것만으로도 두렵고, 매스컴에서 조장하며 위협하는 세계화와 무한 경쟁이 두렵고, 생소했던 영어가 두렵고, 하기 싫었던 수학이 두렵다. 그리고 그것이 당신이 사회라는 무대에 올라설 때 평가표가 된다는 사실 또한 엿같다.

나의 인격을 보고 받아주고, 스펙은 회사에서도 필요한 분야로 쌓아올릴 수 있다는 번뜩임조차 이젠 기억나지 않는다. 무엇이 우리를 이렇게 만들었는가. 우리에게 미래는 없는가. 솔직히 말하면 별로 없다. 암울하다. 이 사회의 큰 판 틀을 숨 쉴 틈도 없이 짜버린 기득권과 권력층이 절대 그것의 변형을 허락하지 않을 것이다. 하지만 우린 깨어나야 한다. 우리가 얼마나 불쌍한 존재들이고, 분노해도 되는 존재들이고, 앞으로의 자신의 인생을 마음껏 누려도 되는 존재들인지 어서 빨리 깨어나서 인지해야 한다. 쉽게 말해 우리가 바뀌면 그만이다. 우리가 달라지면 그 다음 세대에 좀 더 진보된 고민들의 사건이 있을지언정 이런 처참한 비극은 없다. 그리고 그 변화 속에서도 우리의 삶 또한 달라질지 모를 일이다.

내 학력의 최종은 고졸이다. 지면으로 푸는 시험을 70점을 넘겨본 적이 없다. 반에서 따돌림으로 늘 혼자였던 시절도 있었고, 우리가 흔히 말하는 스펙으로 따지자면 이 글을 읽을 당신에게 모든 면에서 졸렬하기 짝이 없는 청춘이다.

  하지만 한 가지 더 빨리 깨달은 것이 있다. 난 인격의 미성숙자였다. 나를 포함한 많은 사람들이 올바른 성인의 인식으로 이 사회를 살아가지 못하고 있다. 아직 그럴 준비가 되지 않았는데도 우린 사회에 투입되었고, 그 사회에 투입되기 위한 열렬한 스펙 쌓기에서 변질된 당신의 꿈과, 사회가 놓아주는 압박감이란 마약에 우린 변질되어 버렸다. 다시 돌아가야 한다. 이제 21세기 우리의 화두는 인격의 성숙이다. 우린 우리가 겪어야 했던 이 허한 교육을 빨리 떨쳐버리고 가깝게는 우리의 남은 인생을 제대로 챙겨야하며, 멀게는 우리의 자식들에게 획일주의의 노예가 되지 않게 해줘야 한다.

  난 내가 우리 아이들에게 도대체 무엇을 가르치고 있을지 두렵다.
  난 내가 어떤 불혹의 가죽으로 매일 아침 거울 앞에서 양치질을 하고 있을지도 두렵다. 우린 깨어나야 한다. 그리고 한 발 더 걸어 나가야 한다.

난 가지 않는다

너와 내가 함께 보았던 세계
그 찢어진 깃발과 함께
이곳에 서서 영원히 너를 기다리자.

세상사에 지쳤을 때 잠시 들르거라.
내 환히 웃어주마,
마치 우리의 꿈과 같이.

단괴의 변명

　점점 주변 사람들에 대한 관심도가 떨어지고 점점 세밀한 것을 보며 예민해 졌고, 점점 세상이 넓다는 것을 느껴 나를 가두려 한다. 결국 남은 건 나보다 어린 아이들을 보며 넌 아직 어리다고 생각하게 되었다는 것과 술과 담배 혹은 매연 그리고 사람들에 의해 혹은 나로 인해 굳어진 두뇌 정도?

　세상은 발전한다. 긍정의 99%는 나태함을 낳고 부정의 51%는 발전과 변화를 모색한다. 하지만, 부정의 49%로 인해 발생하는 사건들에 대해 긍정의 99%는 절대적 부정 속에 마녀사냥을 시작한다. 그리고 51%의 부정 또한 위험하다 말하며 그 두 배 정도밖에 되지 않는 99%의 긍정으로 자신들의 남은 1%에 51배가 되는 부정을 가두려 한다. 그래서 내가 널 기분 나쁘게 하면 넌 나의 멱살을 잡고 네가 나에게 욕을 함으로써 99%의 긍정에 나를 처박는다.

　난 세상을 사랑하지 않는다. 난 지금 내 주변에 있는 사람들이 소중하다. 지금 이 순간 내 옆에 있는 이를, 지금 이 순간 나와 함께 숨결을 나누고 있는 사람들이 고통스러워하는 건 참을 수가 없다. 어제는 아니었을지 모르고 내일도 아닐지 모르지만 지금 그들은 나의 가족이고 나의 분신이며 또 다른 나라 생각하기에.

나 또한 너의 슬픔에 슬프다. 친구여.

하지만 이깟 말들이 다 무슨 소용이 있겠는가. 내일이 되면 우리는 남이고, 또 다른 인연의 실타래 속에서 1만 년을 이어온 이 반도의 연줄이란 거미줄 속에서 헐떡이다 오르지 못할 하늘을 바라보아야 한다.

결국, 죽음의 문턱 앞에서 이때까지의 삶이 어떻게 되었든, 정말 좋은 삶이었다고 말할 수 있는 사람이 되진 말자. 넌 분명 행복하지 않았고, 나태했으며 오만하였고, 겸손이란 단어로 짠 옷을 입고 있었을 뿐이다. 나 또한 마찬가지고 우리 모두 마찬가지다. 다른 건 없다. 절대 우린 다를 수 없다. 살인자도, 소매치기도, 대통령도, 장관도, 이 세상 그 어떤 성자도. 결국엔 똑같다.

절대 우린 다를 수 없다. 아니, 다를 수 없었다.

-〈단괴의 변명〉 끝-